大地行吟

子　力◎著

長江出版傳媒｜湖北人民出版社

图书在版编目(CIP)数据

大地行吟/子力著.
武汉:湖北人民出版社,2019.10
ISBN 978-7-216-09806-9
Ⅰ.大… Ⅱ.子… Ⅲ.诗集—中国—当代 Ⅳ.I227
中国版本图书馆CIP数据核字(2019)第235283号

责任编辑:陈　兰
封面设计:刘舒扬
责任校对:范承勇
责任印制:王铁兵

出版发行: 湖北人民出版社　　**地址:**武汉市雄楚大道268号
印刷:武汉市天星美润设计印务有限公司　　**邮编:**430070
开本:787毫米×1092毫米 1/16　　**印张:**20
字数:140千字　　**插页:**2
版次:2019年10月第1版　　**印次:**2019年10月第1次印刷
书号:ISBN 978-7-216-09806-9　　**定价:**68.00元

本社网址:http://www.hbpp.com.cn
本社旗舰店:http://hbrmcbs.tmall.com
读者服务部电话:027-87679656
投诉举报电话:027-87679757
(图书如出现印装质量问题,由本社负责调换)

写在前面的话

一，不敢称诗歌。出访国外写的两本游记已在网上售罄，欣赏祖国的大好河山，也不时哼上几句。词讲格式，诗讲格律，现代诗形式自由，无视节奏韵律。这本小册子与前三者皆不符，故只叫行吟不叫诗。

二，不惑图解惑。写诗不分年龄，但我过不惑之年才敢来上几段，且力争脚不到，则手不写，图解惑,不惑人。配上照片是展示所到之处的风光，也是为不到决不写作凭，望不为风光所惑。

三，不对也敢说。诗，不是遣词踏韵的文字游戏，不是海阔天空的无病呻吟，不是自娱自乐的解闷消遣。运用洗练的语句，优美的节律，描写景物，归纳事理，表达心声，才是诗歌的真谛，才能感染社会，照亮人生。

本书收录了部分40岁之后的作品。在此附录一首而立之年所填的词，借以坦陈年轻时的稚嫩且踌躇满志。

念奴娇·文武赤壁

火燎千帆，浪拍岸，笑傲危崖褚色。歌罢周郎君自吟，天意黄州留名。前朝风云，后世文章，心神俱激荡。文武赤壁，融入万里长江。

生逢太平盛世，政通人和，山青江水碧。饱览文史哲经法，报国只争朝夕。不羡小乔，携手伉俪，泛舟双赤壁。他日相庆，再论今夕何夕！

子力

2019年10月17日于放鹰台

目录

上辑　不惑

下辑　耳顺

点点足迹

上辑

不惑

王昭君

马上马下两件事，
女人江山群雄追。
四大美女三祸水，
唯有昭君安边陲。

坎儿井

波斯首创坎儿井，
汉唐光大惠民生。
新疆荒漠变绿洲，
民族融合江山秀。

访鲁迅故里

呐喊狂人日记，
彷徨阿Q精神。
朝花夕拾野草，
南腔北调二心。

横眉千夫所指，
俯首孺子百姓。
现代文学旗手，
猛兽总是独行！

泰山奇观

日出

破晓时分
朝晖托起金太阳
玉皇顶莽莽苍苍

云海

盘山道上
白云铺就万里路
众山峰云海浮游

晚霞

雨过天晴
霞光穿透层层雾
晚霞祠金碧辉煌

黄河

夕阳西下
一条金带似天梯
登山者攀沿而去

江城新貌

龟峰新建电视塔，
蛇山重塑黄鹤楼。
塔载电波入云霄，
楼引黄鹤鸣风流。
龟蛇携手两岸春，
彩虹跨江千帆迎。
崔颢点赞乡关美，
吟诗江城太白醉。

嘉峪关

一

丝绸之路要冲，
万里长城西端。
河西走廊咽喉，
漠北第一雄关。

二

镇抚戈壁沙漠，
携手华夏胡汉。
辞别征衣狼烟，
传承文明遗产。

黄果树瀑布

岩溶瀑布黄果树，
地上瀑群地下湖。
主瀑百米从天降，
雄踞亚洲第一瀑。
苍山起舞织霞锦，
犀牛滩上飞白练。
大圣助我出水帘，
脚踏彩虹上九天。

平遥古城

一

三千年悠悠岁月，
六万米巍巍城墙。
古民居完美画卷，
日升昌世界银行。

二

启商贸引领西方，
筑城郭媲美雅典。
传后世人类遗产，
耀东方华夏文明。

井冈山

罗霄峰头号角劲，
井冈山上创红军。
旌旗漫卷三十载，
中华大地日月新。
创业不易守业难，
卧薪尝胆倍艰辛。
我辈愿承鸿鹄志，
去留肝胆两昆仑。

沁园春·北戴河

绿树吐蕊，花草芬芳，万物复苏。看金山嘴外，一片汪洋；舰船犁浪，帆影点点。魏武挥鞭，伟人吟唱，鸽子楼笑迎沧桑。沐春风，偕同事战友，故地重游。

人生丰富多彩，遍阅历工农兵学商。叹种地经商，技艺差强；攻博读研，大师难当。步入仕途，忧国忧民，勇斗风车徒逞强。莫气馁，品山河烂漫，文坛放光。

武当春秋

一

武当金顶南岩杳，
太极音乐汉江春。
七十二峰齐叩首，
道教文化传九州。

二

春光秋色绕仙山，
晨晖晚霞沐精灵。
天人合一承道统，
丹江圣水泽皇城。

统一梦

临海水志首记载，
东吴卫温镇澎台。
糖谷之利天下甲，
荷夷倭寇垂涎馋。
民族英雄齐奋起，
抗战迎得宝岛还。
九二共识得民心，
祖国统一梦必圆。

日月潭

万山丛中见碧潭，
春光荡漾叠峰峦。
圆日新月拥绿岛，
恰似大陆与台湾。

莫高窟

左眼莽莽沙丘，
右眼无垠戈壁。
身临断崖千仞，
心归佛缘无极。

鸣沙山抱月牙泉

月牙泉宛如新月，
献温情大漠孤烟。
鸣沙山似脊似刃，
飞鸣镝笑傲苍天。
阴阳缘传宗续种，
播绿洲普度人间。
山环水相拥相衔，
人生路遐想无边。

长江三峡

西陵峡套峡，
巫山峰连峰。
瞿塘收万壑，
大坝天下雄。

高峡出平湖，
水电新城浮。
江中帆千点，
两岸橘遍坡。

杜甫结草堂，
唐僧回头望。
屈子祭山鬼，
昭君溪流香。

白帝青山在，
真情长相随。
高唐神女赋，
梦圆彩云归。

延安

一

奉黄帝陵寝，
锁塞上咽喉。
创革命圣地，
引时代潮流。

二

贫瘠黄土地，
承载何其多。
岁月悠悠过，
依旧黄土坡。

张家界

古庸国
老荆楚
唐代高祖置澧州
汉朝隐居张留侯

洞庭沉
云贵显
峡谷悬壑一线天
峰林地貌世罕见

地有界
心无际
神游身临阿凡达
成仙可登百龙梯

兰亭

曲水流觞佐辞赋，
酒兴方酣笔疾书。
越王勾践植兰地，
开出奇葩兰亭序。

点赞香港

一纸殖民的条约
将祖国的宝岛
割裂成所谓的自由之港

一国两制的创举
将漂泊的飞地
锻造成耀眼的东方明珠

一个世纪的打磨
两种体制的淬火
让香港赢得了世界
使世界仰望着中国

大足石刻

佛学儒道齐荟萃，
宗教世俗共相融。
五万造像十万字，
摩崖石刻数大足。

故乡小憩

面临湘江水，
背靠岳姑山。
细品寂万籁，
豪饮有龙源。

成吉思汗

一统大漠铁木真，
荡平中亚东欧惊。
饮马黑海意未尽，
谈笑兼并宋与金。
生前征战全无敌，
死后遗策江山定。
回望巍巍衣冠冢，
一代天骄留英名。

沈阳故宫

大政殿
十王亭
定八旗规制
显霸气女真

凤凰楼
大清门
融游牧群雄
结满蒙至亲

文渊阁
嘉荫堂
聚天下英豪
扬大清威名

一座沈阳故宫
彰显安邦理念
农耕游牧共治
中华民族顶天

老兵返港

一百年前建军港，
民贫国弱难自强。
北洋水师遭覆灭，
毛子倭寇占海疆。
国强民富振兴路，
旅顺军港换新装。
中华航母扬国威，
戎装虽卸心荣光。

天安门

一

父辈景仰天安门，
终生无缘到北京。
儿孙来京无数次，
山乡首都地球村。

二

一座城楼六百年，
阅尽人间风云变。
百感交集门前景，
弄潮江湖换新颜。

九寨沟

云山树影映湖中，
明丽澄澈韵无穷。
黄绿褐翠互浸染，
似真似幻天可鉴。

密林深处狂奔突，
腾越呼啸凌空秀。
急泻倾挂玉珠溅，
银龙跃迎彩虹图。

奇花异草斗争艳，
四季风光四季变。
极目远眺云深处，
皑皑雪峰收眼前。

高山碧海瀑连天，
钙华沉积奇观现。
青山常在水长流，
人间仙境九寨沟。

橘子洲

湘江航母砥中流，
伟人端坐橘子洲。
眍眼橘红层林染，
挥手百舸撒江天。
冬至江风戏冰雪，
春来水暖波潋滟。
众心捧月齐奋起，
民族振兴梦正圆。

赞出生地

州

古代设置县郡州，
楚拥荆州傲春秋。
文明媲美古希腊，
九州之首大荆州。

城

楚国建都纪南城，
一统山河四百春。
唯楚有才数荆楚，
鱼米之乡三国争。

河

二十里路护城河，
水阔鱼跃荡碧波。
乘舫巡游六城门，
我为家乡鼓与歌。

过大洋

神思穿越千百代，
身居斗室难释怀。
一朝春风拂海江，
千帆送君过大洋。
人生之舟势如虹，
一路飙飞一路浪。
万里征程万卷书，
无限风光无限狂。

（出国访问记）

非洲好望角

澳洲悉尼

美洲旧金山

欧洲厄勒海峡

书生吟

品一杯香茗
聆听帘外夜雨
居一间雅室
感受文化魅力
揣一张地图
游历五洲四海
握一支秃笔
挥写百态人生

（为《子力游记》题）

自画像

逾五句人生
浅尝工农商学兵
数百篇文章
初涉文史哲经法
行万里路途
漂洋过海看世界
饮两杯烧酒
醉眼蒙眬话古今

（为《行走的风景》题）

黄山四绝

奇松

针叶粗短枝干曲，
冠如华盖春色浓。
循崖度壑悬绝壁，
千姿百态黄山松。

怪石

精灵跳脱形异迥，
横看成岭侧成峰。
与松结伴胜画卷，
千奇百怪意无穷。

云海

自古黄山云成海，
怪石古松浮云中。
日出云海霞万道，
美胜奇幻享殊荣。

温泉

紫云峰下泉喷涌，
水温水质双称雄。
嬉水沐浴两相宜，
助尔返老又还童。

九华山

融汇释儒道，
凝聚精气神。
造化云水山，
赐福天地人。

衡山风采

称天地轻重，
量道德高下。
祭火神祝融，
融佛道文化。

上海一瞥

旧照

改革开放宏图展，
大珠小珠落银盘。
积重难返待时日，
东方明珠显孤单。

新照

开弓没有回头箭，
奋发图强四十年。
而今回望陆家嘴，
国际都市艳阳天。

不一样的天津

七十年代一个春天
当兵探亲来到天津
帅气的表弟买了两个冰激凌
他好奇地玩着我的水兵帽
我吃着人生第一支冰激凌
沁人的天津

八十年代一个夏天
新婚旅行来到天津
舅舅高兴得直搓手
我还记得逛宁园的快乐劲
一家人去吃“狗不理”
温情的天津

九十年代一个冬天
因公出差重游天津
街道灯光闪烁，海港巨轮如梭
舅舅驾鹤西去，表弟定居纽约

美丽的宁园已被圈掉一块
褪色的天津

美是主观的还是客观的
我只知道
不一样的心情
不一样的天津

大运河

五千多里大运河，
福泽后世没有错。
纵使亡国终不悔，
千秋功罪任人说。

（观大运河赞隋炀帝）

麻城杜鹃

杜鹃花开映山红，
杜鹃花落子规啼。
黄麻英烈功参天，
五月千山响杜鹃。

四季人生

小小书斋的学子，
大千世界的游子。
魔幻人生的浪子，
泱泱中华的孺子。

（为《勇言》题）

相约珠峰

飞机观光
盘旋欣赏
这里是离天堂最近的地方

没有人烟
没有色彩
恰似漫漫人生路浩瀚迷茫

神秘寂静
银装素裹
人类灵魂最干净的居所

至高境界
绝顶威严
化成一串英雄般的呐喊

来一个空中飞人吧
我愿意
留在这圣洁的群山之巅

封存尘世的躯壳
放逐哲人的身心
让那出窍的灵魂得以永生

（空中观珠穆朗玛峰）

恩施大峡谷

千仞峭壁之下
八百里清江蜿蜒游走
袅袅云霞之上
数百座独峰天马行空

地壳下的喀斯特之手
揉捏出
形态各异的天坑溶洞地缝

层层叠叠的峰峦之中
点缀着
名贵药材珍稀动植物无穷

绝壁画廊之畔
好客土家鞠躬松
礼迎宾朋

连绵群山之巅
镇谷之宝一炷香
祈福平安

好一个恩施大峡谷
巍峨壮观堪与亚利桑那媲美
好一个世界富硒都
富有秀丽更胜科罗拉多一筹

李家祠

华夏一大姓，
子孙遍全球。
中华文明史，
奉献拔头筹。

建祠续宗谱，
数典不忘祖。
江河山川在，
辉煌永存续。

四孔

孔子

生前是布衣，
死后谥文王。
何以崇儒学，
愚民佑帝皇。

孔庙

孤儿寡母房，
变身大庙堂。
多次遭雷击，
祈福真荒唐。

孔林

千年家族墓，
面积超曲阜。
子贡初植树，
现已十万株。

孔府

占地两百亩，
房间四百八。
官僚贵族府，
天下第一家。

腾冲

一

消受热海温泉浴，
淘宝翡翠集散地。
追思哲人艾思奇，
和顺古镇享静谧。

二

汉时傣族哀牢国，
明代极边第一城。
信誓远征灭倭寇，
碧血千秋民族魂。

目录诗

感受
德意梵希腊的优雅
在流淌中对话文明

走近
阿根廷巴西的神奇
在激情中点燃梦想

置身
瑞典和丹麦的峡弯
在童话中追寻诗意

守望
尼泊尔印度的虔诚
在佛缘中过滤时光

（选自《流淌的文化》）

黄埔军校

国民革命
风起云涌
中山先生
高瞻远瞩

黄埔岛上
亲爱精诚
一个志愿
一世一生

二十三期
三十二万
必信必忠
贯彻始终

北伐成功
抗战完胜
兄弟阋墙
中华新生

曲折历程
成就精英
黄埔精神
英名永存

青海胜境

风景

大草原起伏绵延，
柴达木浩瀚无限。
咸水湖荣冠省衔，
唐古拉江河之源。

风情

牛羊撒欢热土地，
菜花麦浪艳阳天。
十万狮吼塔尔寺，
汉藏相依传永年。

湘妃祠

青瓦衬青山
湘妃助舜坐江山

红墙映绿树
三皇五帝功卓著

五羊草地看日出
吉祥图

烟波浩渺浮君山
寄思盼

长歌当哭斑竹泪
短诗祈祷湘君归

西安

一

兵马俑雄师百万，
华清池溢香千年。
大雁塔玄奘传法，
古都城威风八面。

二

秦中自古出帝王，
周秦汉唐铸辉煌。
仰慕先哲创业史，
华夏儿女当自强。

厦门观感

日光岩无遮无拦，
步行街有吃有玩。
钢琴馆典雅浪漫，
鼓浪屿海上花园。
胡里山炮声已远，
海峡畔把手言欢。
图振兴共谋发展，
同胞情厦门金门。

（出席厦门金门两岸交流活动）

献国策

首长不耻下问，
吾辈斗胆建言。
举证英美文博，
介绍编钟楚简。
中华文明灿烂，
公益传承为先。
全国免费决策，
一锤定于馆前。

（纪念与中央领导议博物馆无偿开放）

梦里桃花

少小成长地
梦里桃花山
天南海北魂牵绕
今日得回还

走进学校门
处处皆陌生
楼房错落操场平
难觅旧光景

时光往回放
此地乱坟岗
父亲烧窑建校舍
腰椎被压伤

借问新校长
首任是否忘
脱口而出李藻霖
我泪顺腮淌

执教四十年
桃李已满天
桃花山美人重情
足慰故人心

趵突泉

宝泉南靠千佛山，
极目北望五龙潭。
楼台亭阁别样景，
三泉喷涌献奇观。
云蒸雾润气袅袅，
一泓泉池波粼粼。
乾隆御书门上挂，
天下第一趵突泉。

贵州苗寨

一

千户苗寨首尾衔，
气势如虹环山建。
重峦叠嶂相呼拥，
梯田顺势连云天。

二

赏幽传情美人靠，
游方对歌芦笙场。
豪饮米酒千杯少，
醉卧苗家不思乡。

邓州

花洲书院传经典，
习氏宗祠真龙现。
南水北调润沃土，
天下扬名慕邓州。

湖北边镇一瞥

小池不小
祈福福田
桃花山上花烂漫
翔凤镇迎凤来仪

龙港突围口
麦市生态梦
孟楼武胜宣化店
雄踞鄂东楼店关

上津天子渡口
白浪鸡鸣三省
赵李桥茶叶驰名
大九湖梦幻仙境

自嘲

结业迈出校门，
彼此弹冠相庆。
拙文学报登载，
左右庆声相迎。
国家行政学院，
最高培训学府。
书生被点入校，
实乃鱼目混珠。

（入国家行政学院有感）

祭黄帝陵

黄帝

华夏始祖
黄帝轩辕
灭蚩尤荣膺共主
扫蛮荒开创文明

黄陵

轩辕之丘
沮水环绕
颂功德建庙起冢
秦灵公首祭黄陵

黄族

万里河山
亿兆族民
五千年上下求索
秉初心继往开来

文化之旅

一

佛祖诞生蓝毗尼，
道不外求青城山。
有国无界梵蒂冈，
清真基督聚一堂。

二

释老耶穆化于心，
酸甜苦辣皆风情。
揽得东西南北景，
笑迎人生第二春。

（为《流淌的文化》题）

韶关行

一

六祖南华寺，
造化丹霞山。
人文自然景，
相融在韶关。

二

燕迹洒芬芳，
祥云驾曲江。
孙刘三国事，
情谊岁月长。

（记两友盛情）

湛江集锦

东海岛
湖光岩
寸金浩气法国街

霞山嘴
金沙湾
滨海长廊步行街

百年沧桑硇洲塔
六十里路龙海滩
莅临湛江来观海
港岸三倍鹿特丹

海口集锦

红树林
万绿园
雷琼海口火山群

五公祠
骑楼街
热带野生植物圈

西秀海滨浪拍岸
假日海滩嬉水欢
独怨宝岛风光美
印象海南无人看

五公祠祭

三位宰相两学士，
一赵一胡三家门。
谪贬来琼忠奸辨，
潮起潮落岛为家。
祸福转换在顿悟，
真金处处放光华。
南海风云今又起，
遥祭五公捍国家。

海南文昌

海南东角铜鼓岭，
鬼斧神工石头阵。
文昌郊外椰林寨，
椰风海韵齐邀来。
文化华侨将军县，
宋氏祖居最抢眼。
贞观元年到而今，
航天凯歌达天庭。

海的故事

一段残留的桅杆
悬挂着
海空相接的天边
一抹晨曦的期盼

几盏鲜红的航灯
照射着
一望无际的渔场
地平线上的风帆

半幅破旧的渔网
炫耀着
碧波荡漾的港湾
满载而归的欢歌

数节枯黄的缆绳
萦绕着
大海航行的儿女
无尽思乡的柔情

十里长滩的海滨
浓缩着
滔滔大海的故事
暖暖渔村的风景

南来北往的游客
传颂着
博鳌论坛的神采
八面来风的清新

万宁览胜

石梅海湾

三面环山一海湾，
蓝天流云展画卷。
白沙碧浪青皮林，
非诚勿扰波不惊。

神州半岛

投身大海背靠陆，
外海壮观内港秀。
昼伴潮汐奇石变，
夜迎渔火星满天。

植物园

橡胶椰林槟榔树，
水生棕榈经济林。
名优稀特不胜举，
热带植物聚宝盆。

风情村

华侨来自二十国，
建筑凸显马泰印。
东亚礼仪南亚舞，
文化风情阅人心。

贺万宁

万宁观光两胜景，
一是兴隆一海滨。
浪拥宝岛漫漫路，
共创盛世迎万宁。

陵水风情

陵水槟榔妹，
牙齿漆漆黑。
试问过量否，
绿叶可解醉。

著名长寿乡，
秘诀很阳光。
槟榔加咖啡，
温泉加冲浪。

界洲无人居，
游艇犁浪去。
海底水世界，
潜泳最适宜。

南湾猴成群，
怪石竞狰狞。
跨海乘索道，
偕燕鸥同行。

柳田古寨美，
黎家米酒香。
苗族歌舞妙，
村姑织锦俏。

自驾游海南，
陵水住五晚。
何以独钟情，
风流人地灵。

三亚颂

海南最高五指山，
三亚最美五海湾。
榆林军港鹿回头，
蜈支海岛金刚洲。
舰艇导弹雄姿展，
鱼跃鸟飞倩影现。
请到天涯海角来，
这里四季春常在。

过柳州

柳江蜿蜒吐澄澈，
柳山秀美透神奇。
二十四峰排排出，
八龙喷雪入镜湖。
罗池夜月宗元祠，
韩诗苏书柳事碑。
借得喀斯地貌景，
泼墨柳州人文情。

游嵖岈山

九州腹地驻马店，
中华盆景嵖岈山。
天地造化早如此，
少有问津千百年。
改革开放促转型，
旅游健身正时兴。
名著西游拍摄地，
游客登高结伴行。

游许昌有感

四十年前一小伙
着戎装
持钢枪
守海疆
矗立东临碣石旁
遥想魏武挥鞭

而今白头一老翁
戴眼镜
拄拐杖
迈颤步
探访魏王丞相府
是非成败皆空

龙亭辩

华夏伤心地，
东京汴梁城。
左右潘杨过，
何颜坐龙亭。

图园叹

清明上河图，
开封原创地。
人慕繁华景，
谁解危言情。

（游清明上河园有感）

醉卧云台

登山头顶群英湖，
观景身悬红石峡。
寻梦忘情猕猴谷，
醉卧太行大氧吧。

第二春

无权无责无负担，
有闲有钱有健康。
踏遍青山人未老，
世上顽童多一人。

（登茱萸峰和王维重阳诗）

柳林村

十里漂流人嬉水，
百丈瀑布鱼跳峡。
千亩玫瑰花烂漫，
万顷碧波映山崖。
昔日红色征战地，
今朝旅游休闲吧。
借问奔驰为何来，
龙池河畔可安家。

赞宗明先生

千年古镇青花瓷，
中华艺术写意画。
妙手交融创瑰宝，
美名远播亚非拉。

窑神童宾

瓷之源
出口
进口
绕南景区欢迎您
绕南景区欢迎您

瓷都颂

白如玉
明如镜
薄如纸
声如磬
形容恰如其分

山水画
人物画
花鸟画
抽象画
装饰推陈出新

青花粉彩
釉里红
赤橙黄绿
青蓝紫
天下诸色穷尽

龙窑镇窑
葫芦窑
柴窑电窑
煤气窑
窑窑奇宝异珍

往昔丝绸之路
茶叶丝绸瓷器
惠及欧亚
今朝一带一路
资本技术产能
造福全球

荣耀江湾

群山抱
绿水衔
徽派建筑映蓝天

山林封
英贤出
祖脉源于后龙山

江姓萧
萧姓江
泽民祖居在江湾

顺天地
应民意
“三个代表”代代传

李坑不坑

两涧清流蜿蜒出，
傍水古宅迎面来。
青石板路花灯照，
如织舟排悠悠开。
旖旎山水展锦绣，
淳朴民风聚英才。
人说江湾风光美，
只因未到李坑来。

汨罗怨

端午忆屈原，
泪洒汨罗江。
代有栋梁材，
报国苦无门。

《天问》震寰宇，
《离骚》烁古今。
去留寻常事，
妙笔存丹青。

容闳书院

开放大潮涌珠海，
广厦万幢铺天来。
欣喜楼丛点滴墨，
铭记留学国门开。

韶山冲

伟人诞生韶山冲，
霞光万道太阳红。
披荆斩棘三十载，
唤醒东方一条龙。
四海翻腾云水怒，
运筹帷幄水帘洞。
喜看稻菽千重浪，
永远怀念毛泽东。

巴陵谣

洞庭波迎长江水，
君山桥接岳阳楼。
白泥洲头一钓翁，
江湖庙堂两无忧。

澳门行

孤悬海外五百年，
一朝回归万事鲜。
欧风古堡映妈港，
黑沙踏浪牌坊显。
日暮探访娱乐城，
融入银河不夜天。
黄白黑肤齐聚首，
汉英葡语尽开颜。

闯王陵祭

免赋唤起百万众，
均田驰骋八千里。
十年颠覆明王朝，
一朝败走命归西。
回首历代兴衰事，
民生民权是根基。
舍弃公平与正义，
神州遍插闯王旗。

九宫山

天池荡漾万物春，
流云穿绕秀峰醒。
鸣雁撩发骚人兴，
三伏消暑九宫吟。

坪坝营

咸庆丰年耀荆南，
坪坝隐显林海间。
峡谷幽径串四洞，
仙女沐浴流花潭。
峰溪泉瀑呈异彩，
奇秀幽野意阑珊。
天然氧吧神归处，
清凉世界不思还。

贺校友

早有忧国忧民志，
博士厅官只等闲。
宦海沉浮不由己，
德才兼备还靠缘。
今闻珞珈商帮语，
弹指三十五年间。
市场经济扛大旗，
赋闲欣闻老总言。

连云港

一

连云岛云腾雾绕，
鹰游山林荫滴翠。
烦情愁遁于无形，
畅身心纵情海天。

二

幸辞别喧嚣闹市，
喜迎来潮语涛声。
惊聚首头孢劲酒，
魂浮荡怒海苍穹。

（寄情山水头孢酒，奈何桥上走一遭）

蓬莱游

一

秦始皇东巡求药，
汉武帝御驾访仙。
黄渤海分际难辨，
蓬莱阁千年千面。

二

八仙过海源于此，
海市蜃楼幻境现。
虚无缥缈造物主，
人间仙境一念间。

烟台访友

学子得意横沟市，
战友飒爽鸽子楼。
四十五载风云汇，
情谊绵长慰平生。
烟波浩渺浪拍岸，
台榭亭阁缀江山。
重山叠岭呼啸至，
聚首千杯醉不还。

重游威海卫

刘公岛
旗顶山
甲午海战纪念馆
数度来访未提笔
只因定远未雄起

鸡鸣山
海驴岛
二郎真神把山抛
鸥鹭云集蔽天日
噙石填海建宝岛

成山头
天尽头
中华大地最东头
嬴政立石于东门
刘彻引吭赤雁留

龙归海
壮志酬
中国航母雄赳赳
华夏振兴崛起日
雪耻甲午快恩仇

再上栈桥

身着海魂衫，
头戴水兵帽。
漫步徊澜阁，
小妹赞哥俏。

镜头蒙太奇，
画笔大写意。
往事历历在，
旭日冉冉高。

高楼牵红瓦，
栈桥迎白塔。
和风挽流云，
轻浪吻细沙。

风雨四十载，
兵装变官身。
回眸青岛湾，
赶海拾贝人。

日照旅途

植物园
樱花园
海滨森林公园
日照风光任你游
度假避暑疗养胜地

拾贝园
垂钓园
海湾游泳沐浴
观海听涛万平口
滩宽沙细休闲极品

身游荡
心飞翔
海阔天空神采扬
与君携手五百年
潇洒浪漫快乐时光

十里锦江

锦江
一支上帝的臂膀
挽起湖光和山色
带来静谧和灵性
我不愿离去

锦江
一条流动的翡翠
洗净尘世的纷扰
带来盎然的春意
我不愿离去

锦江
一弯生命的摇篮
托起七彩的生灵
带来天国的理想
我留在梦里

边城

一

吊脚楼依山傍水，
沱江水穿城东流。
苗家女婀娜多姿，
石板桥曲径通幽。

二

康熙年间筑古城，
古城哺育沈从文。
莫言邀得文学奖，
何如掩卷品边城。

忆秦娥·娄山关

生死劫，金戈铁马天地裂。天地裂，英豪安在，神游天阙。

遵义城头旌旗卷，十亿神州拱新月。拱新月，振兴中华，呕心沥血。

独尊茅台

百年酿造艺如何，
十里资源天赐多。
一罐茅台砸地上，
万国来朝独尊我。

桃花源

两山一湖景，
秦溪秦谷魂。
桃花源里客，
不知有魏晋。

一条仿古街，
十里店铺门。
百家竞争商，
千张笑脸迎。

避世隐居地，
游人已沸腾。
若知仿大作，
气煞陶渊明。

桃源何处觅，
唯有方竹真。
劝君须释怀，
真假在于心。

赞国家艺术基金

我来了
雾霾走了
首都的天空蔚蓝澄澈

我来了
严冬走了
树上的梅枝傲雪迎霜

我来了
号角响了
文艺的殿堂百花齐放

我来了
火炬亮了
中华的艺术光耀东方

G20杭州

二百寄望二十国，
众星捧月耀杭州。
天下大事皆会议，
一带一路壮志酬。

富阳游

下涌钱塘千重潮，
上漂烟波一叶舟。
斗转星移大岭山，
永恒富春山居图。

（寻访黄公望隐居地）

文史春秋

沧海桑田话变迁，
崇文资政六十年，
信手拈来花万朵，
笑迎荆楚春满园。

（为《甲子志庆》题）

仲秋赋

十八青春守海疆，
而立庙堂书华章。
天命足迹遍四海，
甲子返乡樵渔桑。
江河山川步步景，
喜怒哀乐处处情。
忠孝礼义显本色，
苦辣酸甜酬人生。

变异

一

汉家养猪数千年，
户户农舍连猪圈。
良田喜获农家肥，
餐桌飘香猪肉甜。
绿水环绕青山转，
炊烟常伴晚霞眠。
一处乡村一处景，
生态循环人悠闲。

二

而今大建养猪场，
激素饲料抢购忙。
半年出栏猪万千，
首功竟是转基因。
猪粪已成毒化物，
猪肉吃得人异变。
此类事件不遏止，
遗祸子孙千万年。

七星岩

上天播撒峰峦，
状如北斗七星。
人间摩崖石刻，
岭南第一奇景。

高铁

老火车

嘶风逐电精神壮，
踏雾蹬云气力长。
五十年前赞美诗，
只有詹钩沾点光。

新高铁

而今高铁静悄悄，
千儿八百转瞬到。
世人何以开颜笑，
全球高铁中国造。

（和高铁局任瑞学友）

俯瞰甘肃

我见过机翼下
茫茫的大海万顷碧波
她怀揣着蓝色的梦境
让人神思迷离
而又心胸爽阔

我见过机翼下
绿色的草地一望无际
她孕育着勃勃的生机
让人泛起情爱种种
遐想青春无敌

我见过机翼下
苍莽的群山绵延起伏
他尽显出坚毅雄起的阳刚
让人膜拜男人的倔强
民族的脊梁

我见过机翼下
金色的戈壁无垠沙漠
她百倍于唯美的油画
让人梦回远去的驼铃声声
掀起的盖头朵朵

这次在西北
机翼下寸草不生的黄色大地
贫瘠干裂的黄土高坡
她坦露瘦嶙的脊背在无言地诉说
让人心不断地抽搐和哆嗦

如此生态
如此环境
大开发还是大保护
谈文化还是抓绿化
难道还用说

（“中华文化四海行”赴甘肃）

卸任感言

六十周年馆庆
千年古县评选
诗词书画展览
湖北边镇调研

编撰馆员文集
策划采风访贤
组织北欧交流
受命东欧讲演

湖北省人民政府新聘参事、馆员授聘仪式合影 2013年12月20日

聘任省府馆员
组建四所学院
承办全国会议
央馆交流经验

赴任党组书记
勤奋履职三年
站好最后一岗
无愧后辈先贤

下辑

耳顺

谁是野人

花朵织成新衣
漫山遍野
冰雪造就斗篷
笑傲蓝天
清冽的山泉是无尽的甘露
树上的果实地下的藤根
供我尽情享受
参天的华盖避雨遮风
陪我入梦

千百年来
无拘无束
我纵情于无垠的原野和山丘

某一天开始
如同铠甲的植被和森林
惨遭耕挖砍伐
如同家园的溪流和群山

被毒蛇般的公路缠绕切割
如同游乐场的草地和滩涂
被一栋栋建筑蚕食吞噬
而我却突然有了一个名字
——神农架野人

谁是野人
谁是精灵
这个官司我要打到海底蓝天

（行吟神农架）

神农氏

牛首人面神农氏，
举火燎天创农耕。
遍尝百草解疾苦，
扬鞭一挥瘴霾清。
云蒸霞蔚乾坤朗，
光阴如梭日月新。
炎帝回眸神农顶，
十亿子孙乐盈盈。

深圳童话

好大一个圈
圈起江海千重浪
圈出南国一片天

好亮一扇窗
窗前旭日喷薄出
窗内铜牛蹄奋扬

好宽一条路
下连民心亿万颗
上接中华振兴图

好美一幅画
皴擦点染入化境
赤橙黄绿竞风流

回望

一朝登临珞珈山，
长相厮守东湖畔。
辗转回望求索路，
水天一色拥磨山。
求来求去无所求，
磨来磨去鹤发颜。
人间最美晚霞景，
绚丽潇洒辞关山。

母校的樱花

百年老斋舍前
炮声带来的樱花树
随风而逝

绿色琉璃瓦下
白粉双色的樱花道
春意盎然

勿纠结
新植千株中国樱
已迎来百万宾客

要铭记
皓首面对鲲鹏像
能求证无愧初心

赌景

澳门赌场贵宾厅，
人生百态皆现形。
百万一注熊暴暴，
千金一笑香淫淫。
斗智斗勇赌运气，
酸甜苦辣各自品。
谁信绝顶奢侈场，
有人吟诗颂圣经？

友谊关

元明清筑镇南关，
左右炮群守辅山。
子才率部灭法寇，
中山亲临义旗展。
而今旅游通商地，
中越友好两相欢。
青山依旧雄关在，
和睦友谊创未来。

惠州双月湾

两大海湾挟古镇，
一湾沸腾一湾静。
登高把酒邀明月，
撩发嫦娥思凡心。

绿都

海上丝路门户城，
八桂飘香四季春。
东盟十国齐聚首，
商贸文化兴南宁。

花山岩画

一脉相承的山峰
拔地而起
陡峭独立
彼此相依而不逶迤
玲珑透剔

大地暴出的春芦
披红挂彩
褚颜绿衣
明眸俏颊坦无遮蔽
爽目惬意

芭莱神山的岩画
人模蛙影

正身侧形
定格千年不解之谜
见证神奇

明江河水的吟唱
清纯亮丽
激越图腾
谱写壮乡文明华章
我心飞翔

德天瀑布

一

板约德天手挽手，
一江翡翠向东流。
水量三倍黄果树，
白练直上重霄九。

二

德天瀑布赛仙境，
过境易如出家门。
门外美景千千万，
快活莫如瀑中穿。

南陲东兴

一

沿边沿江又沿海，
北倚十万大山脉。
大清国立界碑在，
东兴口岸接芒街。

二

红树林江海连片，
京族琴古朴悠远。
长寿乡金字招牌，
生态城风光无限。

万尾金滩

沙细坡缓
潮平水暖
近观风平浪静凉伞五颜
远眺舟帆点缀天水一色

沙马沙虫
海螺海贝
女子彩衣翩翩舞铲拎筐
沙海潮纹隐现珠玑遍地

好一派
人海相依的场景
好一个
收获七彩的金滩

钦州

先秦化外百越地，
隋朝命名钦顺州。
安宁富饶风光美，
广东广西竞相求。

水产鱼类数百种，
大蚝对虾占鳌头。
陆上水果四季香，
荔枝香蕉美名扬。

人杰代有冯子才，
地灵坐拥八寨沟。
西南民族振兴路，
扬帆出海看钦州。

赞阳朔戏楼

侗族戏台

鼓楼戏台融一体，
亲和自然借景立。
台上溢彩满楼韵，
休闲娱乐大写意。

世界之最

绣球传情迎宾客，
铜鼓励志献图腾。
油伞擎天遮风雨，
花鞋赛舟渡人生。

立体景观

虚实交替绘桂北，
穿越时空聚秀美。
大师工匠铸经典，
融汇山水集民粹。

文商比翼

布局呈阳朔风情，
建筑展民族艺韵。
商品融广西特色，
表演传壮乡文脉。

评桂林山水

象鼻叠彩伏波山，
兴坪九马黄布影。
两江四湖拥双塔，
水绕千峰八桂城。

论山名落五岳后，
观水不如九寨沟。
天赐山水相呼应，
堪得桂林无上景。

钗头凤·三娘湾

男潇洒，女风流，绿树成荫草木秀。犀牛脚，筑情窝，一朝相爱，无限快活。乐乐乐！

玉帝怒，恶浪骤，仙女望夫岸尽头。海豚跃，天地阔，三娘虽去，忠贞永托。学学学！

印象刘三姐

背景
舞台
天幕
邀桂林秀峰十二座
取漓江圣水三千里

山水
山歌
三姐
一代人梦想的组合
善歌舞民族的乐章

品
山峦隐现清风倒影
月光披洒烟雨漓江
如诗如梦

赏

声光电水火烟

多色块大场面

拍岸惊魂

赞

好一台魅力大戏

好一个艺术精品

天人共创

青城山

本土宗教承黄老，
天人合一尚自然。
道不外求寄山水，
养心首选青城山。

凌云寺

坐拥三江水
举目九峰环
寺酬凌云志
古楠已参天

（赞李渊建寺酬志）

都江堰

鱼嘴分岷江，
宝瓶控流量。
无坝兴水利，
千载利农桑。

烟雨都江堰，
润泽大平原。
天府由此兴，
世代颂李冰。

杜甫草堂

一

流寓成都越四载，
把酒赋诗抒情怀。
一朝秋风破草房，
成就诗圣清名扬。

二

草堂占地三百亩，
建筑典雅园林秀。
糜耗民脂成风尚，
焉知杜甫作何想。

大熊猫

圆圆脸
黑眼圈
身着黑白太极现

爪锋快
腾挪迟
八百万年活化石

猫本领
树上宿
撒欢吹笛品箭竹

熊体态
胖嘟嘟
全球选美贵妃输

生四川
誉五洲
人见人爱世难求

乐山大佛

岷江青衣大渡河，
三江汇流沉船多。
唐代开元凿大佛，
自此舟楫平安过。

人言佛是一座山，
我曰山是一尊佛。
江山多娇民心顺，
弥勒大佛乐呵呵。

峨眉山

玄武岩头耸金顶，
十方普贤度众生。
狮子岭下万年寺，
内供三宝证佛心。

山脚禅院报国寺，
佛山仙水有清音。
一座峨眉一尊佛，
仙山佛国胜天庭。

昔日九十九道拐，
三千力士垒台阶。
百万信徒拾阶上，
千年供奉络绎来。

今朝索道达峰顶，
风爽泉清赏胜境。
峡谷奇峰叠叠出，
满目秀色未了情。

重庆考

光宗即帝位，
潜藩州升府。
双重喜庆贺，
恭州改重庆。

抗战是陪都，
今朝直辖市。
前后双殊荣，
重庆又重庆。

国母旧居

保国同盟总部，
重庆国母旧居。
平凡偏僻小院，
穿越历史云烟。

追随国父十年，
竭虑抗战数载。
荣耀高寿九十，
国母世人爱戴。

解放碑

民心国运涅槃地，
人民解放纪念碑。
世风一变奢侈场，
万千游客来打望。

姐妹花

中华三朵姐妹花，
德福禄寿甲天下。
二十世纪宗族史，
无出其右是宋家。

湖广会馆

雕梁画栋的戏楼
富丽典雅的殿堂
梦幻般
将三百年的移民浪潮再现

唱不完的悲欢
道不尽的沧桑
托举起
重庆繁华商皋的夺目辉煌

滚滚东逝的长江
沉寂百年的建筑
诉说着
民族求索前行的脚步
不仅印在闯关东的冰天雪地
还有湖广填四川的沼泽山岗

浪淘沙·无阻成都

前后两蜀国，成邑成都，亦谓锦城亦芙蓉。盆地终为群峰困，交子何用？

网络越蜀道，变脸猫熊，天府之国一键通。如今直至千载后，谁与争锋！

吉安行

居赣江中游
拥吉泰平原
庐陵风光半姑苏

数人文渊源
育进士三千
文章节义写春秋

叹伶仃惶恐
品井冈风云
吉泰民安照汗青

瑞金红井

有女莫嫁沙洲坝，
天旱无水洗头帕。
不信天命信革命，
油草地里把井挖。
主席引来甘泉水，
白匪填井乡亲骂。
关心群众得民心，
红军定都在瑞金。

赞渼陂梁氏

崇文习武阅千春，
造就庐陵第一村。
纵使丹青渺无痕，
谁人不知万岁军？

（38军军长政委皆出自渼陂）

谒文天祥纪念馆

文撰辞赋传天下，
武披战袍驰疆场。
热血挥洒正气歌，
忠肝义胆文天祥。

圣地古田

八七会议
著名论断
枪杆子里面出政权

古田决议
纲举目张
核心内容党指挥枪

马列主义
中国国情
完美结合民族复兴

斗转星移
地老天荒
主席思想永放光芒

漳州集锦

东山岛
云洞岩
南靖土楼台侨缘
海滨火山拥温泉

荔枝海
香蕉园
五大名花十大果
田园都市生态圈

林语堂
黄道周
两岸情韵云水谣
闽南文化数漳州

岁月留痕

背影？
剪影？
是背影！
十年前的背影记忆如新。

光阴？
春秋？
是光阴！
如线光阴串起此心彼心。

时光？
春水？
是春水！
荡起一池时光的涟漪。

岁月？
霜风？
是霜风！
烙下满头岁月的年轮。

（重游厦门，寄情春秋）

东山关帝庙

瓷木石雕太子亭，
巧夺天工傲古今。
东山铜陵建庙宇，
保疆灭寇护官兵。
君王加封公帝圣，
百姓颂扬忠义魂。
两岸齐襄关帝节，
民族精神共传承。

石狮

乍见摩天巨轮，
疑似重游伦敦。
漫步黄金海岸，
堪比布里斯班。

当年卓尔小镇，
偷渡走私闻名。
而今由镇变市，
面貌焕然一新。

风动石

石崖之巅
大海之滨
奇石探身悬崖外
状如仙桃数百吨
闻风影摇形不动
金鸡独立千万年
笑傲苍穹

海风劲吹
微晃不定
向蓝天招手示礼
对大海点头答应
真乃万夫欲举移不动
天风撼之动不停
拍岸惊魂

天地孕育
岁月冲刷
造就同类数十景观
唯东山岛风动石奇险盖冠
鬼斧何幸巧弄丸
凿得拳石寄层峦
名流诗赞

游客徜徉其间
或惊叹于
风动石之雄峻奇险
诗人岩畔举杯
或忘情于
东山岛之风光无限
我则有感于天地人间的奥妙
就在这动与不动之间

泉州之最

开元寺

宝刹原叫莲花寺，
两项记录传盛名。
千年古桑吐新枝，
东西石塔耀寺门。

安平桥

石墩石梁五座亭，
横跨安海水头镇。
历经沧桑八百载，
最长石桥葆青春。

洛阳桥

雄踞洛江入海口，
首创牡蛎固桥基。
现存最早跨海桥，
连通中华新世纪。

清源山

老君岩头老君像，
引领石刻六百方。
石奇泉灵儒释道，
闽海胜境第一山。

泉州草庵

天然石上雕佛图，
摩尼光佛舒广袖。
世上独一摩尼寺，
人间至真在泉州。

崇武古城

戚继光誓师崇武，
郑成功驻跸抗清。
登古城心潮澎湃，
览胜境旭日东升。

林则徐纪念馆

文韬武略千里马，
三地总督两钦差。
虎门销烟护国本，
甘当祸福死而生。
老骥益壮图新疆，
遗策荐举左宗棠。
毛邓江习题词在，
功资柱石誉满堂。

妈祖湄洲

一洲驾临大洋间，
波掀潮涌只等闲。
下探龙庭斗恶浪，
上引渔帆返港湾。
东方麦加朝圣地，
南国蓬莱艳阳天。
湄洲妈祖神庙在，
四海五洲皆家园。

大地土楼群

黏质红土小石子
石灰红糖糯米饭
和匀倒进夹墙板
埋入树枝和竹片

一阵阵捣
一次次拌
夯实筑紧
围成上薄下厚的土墙一圈圈

我们的祖先
就是这样执着顽强
筚路蓝缕
薪火相传
傲然屹立天地间

我们的前辈
就是这样聪慧浪漫

利用自然
指点江山
播撒文明火种五千年

土楼造型各异
宫殿式
府第式
圆形方形多角形
内部功能按需分

有祠堂有学校
有六畜有水井
族居数百人
福祸相济生死相依
共谋发展共御外敌

古朴巍峨的建筑
装扮着锦绣山河神州大地
和谐温暖的团聚
彰显出人性光芒和宗族凝聚力

这一座座傲立千年的土楼
就是中华民族
上下求索的身影
这一圈圈生命垒就的土墙
就是华夏子孙
奋发图强的号令

激情足球

争夺大力神杯的足球赛
四年一度
就那么一片绿茵场
就那么一个小小的足球
几十人的对阵
牵动着数十亿颗跳动的心

争夺大力神杯的足球赛
四年一度
阵法与技巧的挥洒
速度和力量的比拼
近身肉搏
合理撞冲
一切为了攻破对方的门洞
竞技、进击
为了荣誉永不放弃

争夺大力神杯的足球赛
四年一度
展示健壮体魄
张扬拼搏精神
交流人间友谊
播撒火热激情
一次次呼唤强者的呐喊
一场场人类大家庭的欢宴
这就是足球的魅力

今年大力神杯足球赛
未见中美健儿身影
有人给出美中不足的评论
知耻而后勇吧
卧薪尝胆
十年而鸣
中华健儿一定能行

青礁慈济宫

悬壶济世保生帝，
本是宋代民间医。
勇斗瘟疫施义诊，
人性光辉照大地。

春光播彩东鸣岭，
蟠龙腾云慈济宫。
海峡两岸齐奉祭，
万民景仰颂圣雄。

畅游福州

登鼓山神清气爽，
观夜景灯火阑珊。
访民俗三坊七巷，
品榕城有福之州。

莫嘲南昌

当今旅游热，
东西南北逛。
不是看古迹，
就是赏风光。

邀伴自驾游，
友人来劝挡。
既然是旅行，
何以到南昌？

名楼滕王阁，
湾里飞鸿山。
湿地艾溪湖，
月牙形广场。

实地走一遭，
并非景点荒。
一座英雄城，
值得来观光！

滕王阁辩

元婴兴建滕王阁，
寄托思念滕州情。
地形风貌皆迥异，
秋水何来共长天？

而今登临滕王阁，
舟楫穿梭映江天。
两岸高楼肘接踵，
落霞孤鹜实难见。

日月如梭历千载，
难寻过往雁成行。
真情未必有实景，
客官何须来当真？

滕王阁畔赣江吟，
楼凭文章留芳名。
时过境迁气象变，
旧瓶新酒更醉人。

（解友人奔王勃描述而来之憾）

放逐赛琳娜

远眺天水一色，
近品浪花朵朵。
心随晚霞而去，
江湖何必有我。

消暑太平洋

有风有浪有繁星，
无霾无蝇无喧尘。
一支香烟一杯酒，
功名富贵皆浮云。

断桥

尼亚加拉观瀑景，
西湖白堤赏雪痕。
神游断桥鸭绿江，
惊天动地民族魂！

（观三地断桥有感）

图们市

女真百年封禁地，
今朝交通达三疆。
观云请上日光岩，
寻梦要下图们江。

小镇时光

微风吹拂古木
层层叠叠
阳光洒落大地
丝丝缕缕
秀丽颀长的美人松
婀娜多姿顾盼娇媚
恰似亭亭玉立的长白少女

不加雕琢的湿地花海
邂逅绚烂芬芳
幽香淡淡散发着满满的诱惑
色彩迷离惊艳着斑斓的时光
花丛中走过的你
发丝都浸泡着沁人的清香

中华秋沙鸭悠闲戏水
天鹅鸳鸯成对成双
虫鸣猿啼
鱼游鸟飞
不经意间你已陶醉
与自然融为一体

源于天池的白河水
潺潺诉说着朦胧如纱的浪漫
参天的白桦红松
依依濡染上轻柔似雾的温暖
遗落北国的桃源圣地
鸣奏着“长相守、到白头”的梵音
赐给你一个个如歌的流年

（长白山二道白河镇小憩）

泛舟鸭绿江

天蓝水绿共一色，
舟泛中流分两样。
左厢高楼接天际，
右岸阡陌野茫茫。
锦绣江山三千里，
列强肢解民遭殃。
我辈愿擎正义旗，
一衣带水惠友邦。

镜泊湖

老爷岭上映绿翠，
红罗仙女携镜回。
火山喷发千丈焰，
水泊万顷百春晖。
镜湖波涌群峰醒，
悬瀑吟唱动地诗。
遍赏北国天地阔，
畅饮常醉伴红罗。

天池

银山攀月上九天，
地火造壑聚灵泉。
日照瑶池波如海，
雪映天域峰成仙。
拈得虹霞佐清酒，
梦醒放歌献诗篇。
一任寒暑风云变，
畅享长白松江源。

长白山

未经雕琢的自然之地
广袤安逸
静谧与苍茫，清凉与舒爽
铺陈在春意盎然的长白山

雄浑壮阔的神奇之地
宁静浩瀚
阳光与色彩，梦幻与现实
浓缩在五彩缤纷的长白山

深藏不露的迷踪之地
心远天高
人间与天堂，肉体与灵魂
碰撞在峰回路转的长白山

阅尽春色的圣洁之地
白头长守
贫穷与富贵，功名与不朽
封存在冰雪交融的长白山

珲春市

一

隔海望韩日，
交会中俄朝。
赞罢套娃妙，
又唱阿里郎。

二

防川灵宝寺，
依山滨海江。
花开香三邻，
梵音度五邦。

渤海国

东北逍遥游，
梦回渤海国。
胡服骑射在，
一览千秋过。

横道河子镇

漫步横道河子，
仰望历史烟云。
追寻文明足迹，
感悟沧桑人生。

（参观近代工业遗址）

访王洛宾纪念馆

民歌之父王洛宾，
颠沛牢狱影随形。
放马戈壁小天下，
留香西北大半生。
喜怒哀乐情如海，
天籁之音醉乾坤。
掀起你的盖头来，
横道河子摆旗人。

（王洛宾的处女作诞生在横道河子镇）

东北虎

丛林之王东北虎，
淡黄脊背白腹部。
王字当头一声吼，
睥睨百兽信天游。
抖擞精神来横道，
欲与高铁试比俏。
腾跃扑咬雄风展，
择日重上威虎山。

（观牡丹江千虎园/威虎山/高铁站）

渔家傲·祭杨靖宇将军

冰雪万里白寰宇，迷离梦幻黑土地。一朝惊闻鼓角起，太阳旗，血雨腥风千城闭。

虎啸震撼高粱地，龙吟激荡松花江。抗联十万齐翘首，杨靖宇，饮雪食草傲天地。

绥芬河

南北两源汇东宁，
一纸条约成边境。
东宁要塞今犹在，
诅咒战争祈和平。

兴凯湖

一条绵延百里的湖冈
林木葱茏
草绿沙细
将湖面隔成大小两片
又似乎正是因它而连在一起

小的温柔恬静
娇媚玲珑，小鸟相依
微风吹过湖面
粼粼的波光
如同少女眨动着清亮的眼睛
对岸隐现的山峦、渔村
就是她动人的秀眉

大的烟波浩渺
放荡洒脱，魁梧雄浑
直接天际的水面
就像男子汉宽阔的胸膛

拍打湖岸的如潮巨浪
尽显勇士的气势，雄性的阳刚

走过沙坝回望
水面跃起的大白鱼
空中穿梭的飞鸟
为彼此传递着情书
湖面的点点帆影
昭示着他们已携手远航

我恍然大悟
身边的大小兴凯湖
原本是一对两小无猜的靓女情郎

鸡西

东北煤城魁首，
中华石墨之都。
地处鸡冠西山，
划界乌苏里江。

畅饮穆棱河水，
首开渔猎文明。
汉满女真一家，
携手与时俱进。

虎林

赫哲族人世居地，
平原低漫沼泽多。
境内二十八路水，
隔江相望俄罗斯。

飞灰东方马其诺，
二战终结虎头山。
霞虹同日吉祥景，
佑我中华好风光。

（访虎林当日彩虹晚霞同现）

北大荒

哇
这是一片怎样的土地？
北大荒的名头
如雷贯耳
北大仓的称号
令人心醉
骚客的描写却让人吓得不轻

曾经
这是女真人灭辽败宋的根基
满族人入主中原的龙兴之地
可崇尚渔猎文化的民族
对捏把黑土冒油花
插双筷子也发芽的宝地
并不在意

数百年
美丽的松嫩流域

肥沃的三江平原
宽阔的黑龙江谷地
荆莽丛生，沼泽遍布
野兽成群，人烟罕迹

边塞之地，荒芜之地
冰雪之地，野兽之窝
就是它的代名词
寒冷、偏僻、荒蛮、凶险
这一切绝不是假的
还有北极熊的蚕食和侵袭

终于
沉睡的东方巨龙苏醒了
一泻千里的黑龙江
九曲百回的松花江
温柔恬静的乌苏里
一起涌向祖国温暖的怀抱

林中的虎熊獐鹿

水里的小虾大鱼
山上的人参猴头
地下的煤铁石油
全都映入母亲慈爱的视野
还有那无垠的水面、草原和荒地

来了
数万家庭从齐鲁走向边疆
十万大军从战场杀入荒原
80万知青从城市奔赴农场
成建制的科技人员和学者
昂首阔步汇入苍茫的北大荒

70年垦荒播种，围湖修路
70年傲霜凌雪，风餐露宿
他们的事业感天动地

忠诚坚韧，汗水智慧
献了青春献终生
献了终生献子孙

他们的精神可歌可泣

今天
经受风雨的洗礼
迎来了春光的爱抚
熬过烈日的炙烤
分享到秋收的果实
笑迎冰雪的肆虐
描绘出五彩的大地

欢歌吧
这里是一片绿色的海
森林、草原、碧水、湿地
——一望无际

自豪吧
这里是一座金色的仓
小麦、大豆、稻米、高粱
——铺天盖地

此刻
把人生的句号
画在了祖国万里边陲的人们
把激情和青春
融入了这片荒原的百万大军
共有了一个令世人崇敬的名字
她就是我眼前的大地和心中的丰碑
——北大仓

西江月·珍宝島

龙潜江底掀浪，熊攀山顶撕云。浪涌云飞天地惶，宝岛端居江上。

本是偶尔阋墙，还他坦克何妨。乌苏里江明月光，兄弟把盏笑望。

哈尔滨

借问：
东北最大的城市
是否还有别的名字？

年轻人想到
——冰城
银装素裹的城郭
树梢上的冰凌
还有火热的冰雪节天下闻名

上年纪的人脱口而出
——东方的莫斯科
脑海里浮现哥特式拜占庭式建筑
果戈里大道的气派
霍尔瓦特街头的风情

而今
红色的有轨电车已无踪迹
马迭尔大厦还在
门前的步行街灯火通明
洋葱头的索菲亚教堂焕然一新

大街上常见
啃大列巴、咬面包夹红肠的人们
却再也难睹
穿着貂皮大衣的西方女郎
搔首弄姿的倩影

逝的是时光，变的是风情
新时代的高铁
超越车轮碾过铁轨的咣当声
已载着你我远行
只有那飞舞在城市上空的雪花
一年一度，直到永恒

马迭尔宾馆
MODERN
马迭尔西餐厅
Modern Coffee & Restaurant

探亲多伦多

访白求恩故居

白昼黑夜大洋分，
求仁施义踏浪行，
恩不言谢泪化雨，
赞由心出满目情。

月圆中秋

五大湖水波滟滟，
星撒蓝天月圆圆。
身寄四海情依依，
月赏五洲心甜甜。

（访友贺寿赏中秋）

探访翁丁寨

云雾缭绕翁丁寨，
穿越时空踏浪来。
百年古树掩佤舍，
千载灵芝随手采。

缅甸佤帮云南寨，
血浓于水过境来。
一口香烟一碗酒，
鲜花伴舞朵朵开。

凭栏倚窗满眼景，
似曾相识故园情。
画笔点染眉色舞，
辞赋吟唱荡春心。

万水千山一网通，
人间自然本相融。
醉卧香阁不觉晓，
汉佤共圆中国梦。

（云南沧源采风）

叹基诺山寨

路修了
洞通了
门开了
我想进门
没门

茶倒了
酒敬了
人见了
我想沟通
免谈

山寨开放了
思维封闭着
道路宽阔了
眼界狭窄着
设施现代了
观念陈旧着

风景优美
特色鲜明
可惜

爱之深者
责之甚者
善哉

（西双版纳采风）

永和口岸

永和口岸连掸邦，
云挟群峰势煌煌。
一带一路鸣号角，
马跃龙腾印度洋。

临沧

世界茶树源起处，
佤族文化发祥地。
坐拥两江摸你黑，
恒春之都名不虚。

沧源崖画

两旁群山起舞
一湾秀水飞奔
峭壁上时隐时现的猩红色图案
震撼人们的心灵

祭祀放牧狩猎
山峦云朵星辰
再现佤族人三千年的生活场景
古老先民的艰辛

拨开古蔓荒藤
透过苔迹雨痕
温暖和煦的阳光铺洒山川乡村
昭示民族的复兴

万人泼水节

圈成圈，排成行
男女老幼着盛装
清水先浴佛
逢人把水泼
冲走疾病与灾难
带来健康快乐和美满

水花放，傣家旺
和着芒锣象脚鼓
放飞孔明灯
跳起孔雀舞
朵朵水花串串笑
庆贺傣族人民新年到

西双版纳的精灵

罗梭江拐了一个弯
兜住了葫芦岛四面的山
跨过江上的大吊桥
这里是植物王国的缩影
绿宝石的心脏——勐仑植物园

鹤立鸡群的望天树
像一把利剑直插云端
貌似茶树的美登木
给癌症患者带来福音
披挂盔甲的油棕树
散发着浓郁的热带风情

红豆树的累累果实
寄托着有情人的缕缕相思
芬芳馥郁的依兰香
享誉着世界花之冠的美名
月光下的凤尾竹啊
向你倾诉着心中的爱慕之情

来吧
天南海北的商贾游客
五千多种千姿百态的植物
十万公顷的原始森林
她们
是西双版纳的精灵

墨江标志园

北回归线标志园，
台粤桂滇一线牵。
阳光直射竿无影，
龙吟大地遨蓝天。

元阳梯田

千年描绘百万亩，
山水田园风光画。
历数全球大画家，
哈尼民族顶呱呱。

文山三七

一

三七每株三个柄，
每个叶柄七片叶。
活血化瘀需生服，
熟服强身又补血。

二

喀斯特山水风光，
原生态岩溶湿地。
赏风情苗家文化，
金不换文山三七。

太湖

五千万年陨石坑，
摇身一变大海湾。
江湖淤积成内海，
云蒸霞蔚水渐甘。
离奇出身天赐予，
当代发展世人叹。
众城拥水风光美，
环湖经济傲乾坤。

珞珈赏樱

一年一度的樱花
在碧波簇拥的珞珈
拾阶而上，摇曳盘升

是谁徘徊在老斋舍前
又是谁仰望着指向星空的琉璃瓦
举起了蛋壳做的酒杯

面对粉红的百年古樱
回味昔日的踌躇满志、青春无涯
光阴与岁月，陪我赏花

树上的花，如蝴蝶如蝉翼
而心中的花，如同屋檐上的雨点
潇潇而下

横斜与跳脱在湖畔的花枝
千姿倒影，顾盼无暇
不倦地挑逗着青丝与白发

在春天，在这个迷离的珞珈
花可以一年一度
人生岂能无涯

老家植银杏

老家，说远还真遥远
脑海依稀幻现
三湘四水中的一个小山冲
那里有祖辈劳作的身影
斑驳的祠堂、老屋、水井
父辈描述的绮丽风光
孩提时代的生活场景
……
朦胧、遥远
似真似幻，如同梦境

时代的列车
将父母带往他乡
降生在江汉平原的我
常在梦中
见到满山的翠竹松柏
闻到老家泥土的芬芳
有幸回老家读一年小学

得以一睹
爷爷手捋长须的神采
奶奶倚门带笑的泪光
乡亲们
这个摸摸头，那个揪揪耳
至今脸蛋似乎还有点发烫
一切如同梦幻一样
生命延续着时光

老家，说近也真亲近
房前的田地一块连着一块
脚下的小路向着山坳延伸
永无止境
穿越时空的隧道
见兄长鼓起腮帮嚼碎树叶
敷在我那荆棘划破的手背上
……
真切，亲近
血脉相连，骨肉相亲

半个世纪过去了
行走神州大地
游历他国异邦
满头白发的我
迎着绚丽的晚霞又回到故乡
村前清澈的溪水依旧
小洋楼代替了土坯房
咯吱咯吱的独轮车不见了
翠绿的竹林畔
学童朗朗的读书声
比小轿车喇叭还要清脆嘹亮
精灵般的“小黑豹”
脚前身后撒欢蹦跳
身上悦耳的铃铛告诉我
最美的地方还是家乡

植树节到了
桃三杏四梨五年
无后不栽白果园
在老家山坡种一排白果树吧
愿乡情伴着银杏成长
思念永留人间

漫川古镇

春秋战国兵家地，
明清闹市商贾欢。
百舸联樯金钱河，
千蹄接踵漫川关。
鸳鸯楼台楚腰细，
骡马古道秦风悍。
朝秦暮楚源于此，
畅游古镇天地宽。

谒马超墓

蜀汉名将斄乡侯，
笑傲西北牧凉州。
剑指成都迎刘备，
挥师攻曹祸三族。
自古好战无善果，
祈福和平是正途。
回望汉中马超墓，
功名富贵万事休。

水调歌头·汉江源

朝发龙王庙，暮至汉江源。追寻沧浪足迹，天汉迎嘉宾。日间碧波荡漾，夜来虹桥华灯，果然明星城。汉家发祥地，中华聚宝盆。

定军山，武侯祠，拜将台。一任汉家情结，逐浪入长江。江湖恩爱情仇，人世炎凉冷暖，释怀只等闲。春风又一度，江汉流人间。

李白放鹰台

江城春光暖，
珞珈樱花艳。
星辰耀大地，
文曲游人间。

赏景诗如潮，
纵情歌胜海。
时光随人去，
稽首放鹰台。

中华石鼓

十座鼓形花岗岩
每只重达一吨
镌刻着中国最早的石刻诗文

“在婀娜杨柳笼罩之中
汧河里潺潺流水清澈透明……”
秦公游猎
君子垂钓
游鱼结伴
好一派水清道平美景

卓尔神奇的石鼓文
荣膺“中华第一古物”
一字抵千金
战国晚期的石鼓
忝列九大镇国之宝
数百年默默无闻
感谢一位牧羊老人
避战乱，掩埋于荒郊野岭

再出土，又遁迹于草莽江湖
石鼓颠沛流离的命运
如同中华民族的苦难历程

而今
失而复得的石鼓安居故宫
中外墨客慕名焚拜
宝鸡陈仓的石鼓文化园
万千游客纷至沓来

历经沧桑的石鼓
见证着跌宕起伏的历史潮汐
荡气回肠的《石鼓歌》
传颂着源远流长的中华文明

沙坡头

黄河在此拐大弯，
咆哮奔腾皆不见。
倒是沙坡悬飞瀑，
金钟长鸣达岸边。
近观两岸垂杨柳，
远眺沙海涌金山。
如织游客相嬉戏，
此处塞上胜江南。

呼和浩特

君临关山五千里，
一座城池两省会。
鞭指草原牛羊肥，
挥手大漠变绿洲。
那达慕抚马头琴，
美岱召融蒙藏汉。
星夜探访蒙古营，
客人已醉歌正酣。

塞北江南

中卫
历代君王注目的地方
秦朝挟一统华夏之威
抚平了这片宝地的战乱创伤
汉高祖无为而治
筑起安居乐业的无形城墙
汉武帝徙民七十万屯耕
播撒胜似江南的春光
成吉思汗在此驾鹤西去
留下了游牧农耕共荣的遐想
太阳广场汉白玉雕像的光芒
护佑着中卫儿女振兴图强

中卫
母亲河偏爱的地方
黄河在此拐大弯
流连中卫四百里
奇妙的八卦图轨迹

温情地滋润着两岸的土地
而今的中卫
早已是名冠西北的粮食水产基地
既源于中卫儿女的勤劳
更有赖母亲河的哺育

中卫
天时地利钟情的地方
腾格里沙漠在此止步
包兰铁路穿境而过
沙坡头风情引来游客千万
最美的落日蔚为奇观
中国最佳生态、特色城的名头
传遍大河上下
大漠孤烟直，长河落日圆的胜境
令人梦绕魂牵

腾格里冲浪

黄沙漫漫尘世远，
绿洲点点撒海天。
玩命冲浪腾格里，
心随驼铃走天边。

包头兵器集团

昔日西北征战地，
万马驰骋大草原。
今朝坦克陆战王，
钢铁洪流保家园。

贺兰山崖画

数亿年的演化
一片汪洋变奇峰
贺兰山如同擎天的勇士
降临人间
担当季风分水岭，地理分界线
横亘在平原与荒漠之间

提到平原与大漠分际
脑海闪现农耕与游牧族群的衅隙
贺兰山险峻的隘道
如同吃人的虎口
吞噬了多少人类骨肉
一代天骄成吉思汗
也在此撒手西游

贺兰山崖画的发现
揭示了古人类繁衍发展的另一面
乐观和谐的生活场景

坚韧向上的奋斗精神
与那俊秀的山峦携手同行
近千年的仇杀争斗
不过是历史长河中的一瞬

发怀旧悠思，赏远古图腾
崖画已模糊，头脑更清醒
灿烂辉煌的中华文明史
是长城内外，大江南北
贺兰山下
中华大地各族人民
共同谱写而成

满江红·西夏王陵

贺兰山畔，沙砾处，帝王陵郭。风拂柳，尘土飞扬，蹄声隐约。纵横驰骋两百载，农耕游牧逍遥过。何曾想，一已帝王梦，满族祸。

谋发展，止干戈。存小异，图家国。秉初心奋斗，兆民安乐。一朝春风拂大地，十代帝王齐恭贺。再回首，看今日王陵，真巍峨。

赞潼关

背靠华山峰万仞，
胸纳黄河浪千层。
跃马横枪古战场，
华夏关中保护神。

北岳恒山

山秃形破岩无色，
假松耸立山门旁。
独凭全真发祥地，
秦汉唐宋皆封王。

悬空寺

一座寺院半空悬，
百代诗仙叹壮观。
经诵凡夫上天路，
庙绝浮尘好修行。

壶口放怀

你赞美我圣洁
是的
我来自巴颜喀拉山冰川
每一滴水珠，纯净自然

你赞美我坚毅
是的
我穿越崇山峻岭，峡谷高原
万里之遥步步维艰

你赞美我博大
是的
我流域面积达两个德国三个英国
让五十多个民族汇聚团圆

你赞美母爱
是的
我冲积的平原哺育了伟大的民族
将文明火种播撒人间

让我也夸一句你吧
世界这么大
你也已长大
五千年从未隔断的血脉和文化
你是第一家
五千年的苦难和摔打
让你更加智慧善良，威武挺拔

自豪吧，华夏儿女
奋斗吧，所向披靡
壶口
奔腾激越的浪花
就是我的深情祝福
瀑布
从天而降的轰鸣
就是我在放歌开怀

西岳华山

东峰

手挽秦岭面向东，
胸怀天下极目穷。
云托朝阳舒广袖，
棋赌华山分圣雄。

南峰

深壑绝壁五千仞，
峰插天际佛光晕。
随雁冲顶摘星斗，
举头红日俯首云。

西峰

一尊巨石一座峰，
阳刚挺拔傲群雄。
漫漫西行求索路，
朵朵莲瓣洒征途。

北峰

轩辕跋涉苍龙岭，
摩面擦耳聚仙台。
揽得河岳来相会，
华夏之根情满怀。

五合山

五峰耸峭出云表，
华北屋脊顶如台。
山势奇伟胜灵鹫，
云海泛舟文殊来。
无声艺术古建筑，
有声历史碑文存。
青庙黄庙共相处，
尊礼向信渡苍生。

黔灵山

峰峦叠彩云飞渡，
清溪出涧百鸟吟。
参天林木掩古寺，
灵猴迎宾煽欢情。
两位将军陷囹圄，
一头麒麟含悲鸣。
仰天长啸存大义，
乾坤朗朗祭英灵。

二十四道拐

巍巍鸦关古驿道，
名噪滇黔雄奇险。
高仰二十四道拐，
一路盘旋上云天。
抗战数年决生死，
民族存亡悬一线。
为有牺牲多壮志，
拐拐耸立天地间。

滇池

滇
壮族的祠与亭
从湖畔拔地而起
伴随云贵高原抬升

状如云南月琴的聂耳墓
昭示过往者
《义勇军进行曲》的主人
鼓舞着中华儿女
冒着敌人的炮火
前进，前进

池
西南最大的淡水湖
簇拥着鲜花常年开放
滋润着草木四季常青

感叹池比海小
郑和辞故乡

率领浩浩荡荡的船队
漂洋踏破千重浪
临波放歌逍遥行
天下第一，龙的传人

滇与池
一对双胞胎，两者不离分
畅游滇池登西山
湖光山色满眼春

回首峥嵘岁月
共和国嘹亮的国歌
驾驭大洋的壮志豪情
发轫于
滇池之畔
马可波罗笔下的“壮丽大城”

踏莎行·云南讲武堂

列强破门，黄狮梦醒，男儿从戎担国运。云南陆军讲武堂，三百将帅十万兵。

春风一度，四海承平，河清海晏踏歌行。志存高远慕先哲，时光不予迟来人。

大理国

南占缅老越国北，
北领滇黔川西南。
尊崇佛教稳家国，
国君暮年禅为僧。
兵息民安三百载，
载水之舟遇元兵。
春回大地迎统一，
一统山河满园春。

洱海苍山

苍山的云，厚厚的
如同一床大被
包裹着历史云烟

苍山的云，浓浓的
南诏国的峥嵘岁月
就写在那层层云间

苍山的云，雾雾的
人们想象十八道溪流奔腾而下
真正的清涧难得一见

苍山的云，满满的
笼罩着山头
天就是云，云就是天

洱海清澈
一眼望去浩荡无际
反倒似碧澄的蓝天

举目苍山
脚下碧波荡漾
头顶云海无边

原来雄浑与秀丽，朦胧与神奇
不在于大地、蓝天
而在于无地无天

不管帝王多神气，成佛啥滋味
相守苍山洱海
你就是神仙

丽江古城

布局

建筑依山就水，
流水穿街绕巷。
街道曲幽窄达，
小桥跨水连房。

民居

取三坊一照壁，
聚四合五天井。
摆一进两庭院，
选青瓦木架构。

风格

汉彝傈僳特色，
纳西民族风情。
茶马古道枢纽，
商贾财源广进。

评赞

千年古城建千年，
代代建筑献经典。
世界文化遗产地，
青春活力传永年。

玉龙雪山

雪山
不就是气温很低海拔很高的山
山头常年堆满积雪
是否太单调
是否值得冒险一看
我从未爬过雪山

终年积雪的山脉
离赤道最近
携手青藏、云贵高原
十三座雪峰连绵起伏
如同扇面向丽江古城铺展
腾越飞舞在蓝天白云之间
这就是玉龙雪山

远景雪山托衬
身边野花点缀
脚下草场绵延
清澈蜿蜒的溪水旁

羊群转圈撒欢
低矮散漫的松林间
牦牛信步闲庭
这也是玉龙雪山

山谷月牙形
融雪水清冽
蓝天映衬下的月亮
倒影在湖面上
《消失的地平线》中的描写
蓝月亮山谷实景再现
这还是玉龙雪山

绿草如茵，繁花点点
高原美景小牧场
如同天鹅绒地毯铺就
成片的原始云杉摇曳着枝头
情人们留影的最佳去处

纳西族人的“情死之地”
仍然是玉龙雪山

原来
雪山是一桌丰盛的景观大餐
爬过玉龙雪山
其他可以不看

香格里拉

东亚、南亚、青藏高原交会处
金沙、澜沧、怒江并行
穿越崇山峻岭

河谷溪流，湖泊湿地
森林草甸原生态环境
神助乘舟达彼岸

吉祥长寿，驱邪扶正
有马鹿的山
立体生态景观

赛马会，火把节
松赞林寺，独克宗古城
特色文化异样风韵

金沙为池，雪山为城
人间天堂风光绚丽
心中的日月处处留情

西藏

世界屋脊
究竟长得啥模样
雪域风光
何以令人挂肚牵肠
藏传佛教怎会信徒万千
象雄文化是否流传远广
听说吐蕃不输盛唐
还有那人间最高的宫殿
日光城明媚的骄阳……
带着一份份思念，一串串遐想
我终于来到西藏

身临雪域高山峡谷
脚下田园常青
山麓林木连片
峰顶积雪终年
一山见四季
十里不同天的自然奇观
让我惊呼连连

众多景致各异的湖泊
错落镶嵌在群山莽原之间
纳木错
玛旁雍错
羊卓雍错
果真都错了
因为
这三大圣湖本不应落草人间
原来
雪域风光的魅力
在阳光，在白雪，在蓝天
更在这旖旎的山水之间

洞穴发现的一块颌骨
证实十六万年前
青藏高原已有人类生息繁衍
转山、祭神、绘唐卡
百万藏民乐在其间
彰显出
象雄文化源远流长，植根民间

藏传佛教的寺庙
金碧辉煌
拜佛辩经的僧侣
随处可见
磨砺藏区人民坚毅朴实的品格
锻造雪域雄鹰一心向善的信念
雅鲁藏布江畔
土地肥沃
三江并流景区
水绿草旺
昭示着吐蕃何以媲美盛唐
文成公主远嫁雪域
藏汉人民从此欢聚一堂

仰望世界屋脊
连绵的雪峰
如同一群纯白的骏马
向着圣洁的天堂远去
带上我吧
我愿洗净这尘世的污垢
紧紧追随着你

去留歌

人生一世，
有情有义。
功名富贵，
无痴无欲。

福禄德寿，
随缘随意。
生老病死，
不悲不喜。

口含天命，
乘兴而来。
身披晚霞，
逐浪远去。

求索终生，
不为柴米。
头枕诗书，
笑傲天地。

穿越

最近
我不断围着金鱼缸转悠
缸里有水无鱼
水下是海南岛的一颗颗砗磲
水上浮着一块长白山天池的火山灰
它们都是我亲手捡来
望着、望着
似乎几十年走过的祖国大地
都展现在我的眼前

最近
我时常看电脑相册
好望角北极光火地岛，黄金海岸
金字塔斗兽场美人鱼，自由女神
还有悉尼歌剧院、亚马孙雨林
那上万张照片都是我亲自拍摄
看着、看着
似乎五洲四海六十多国
都环绕到我的身边

最近
我经常翻阅履历表
脑海闪现课堂、田野、工厂、
军港
乡村小路、省委大院
背书包的学生，握钢枪的士兵
商海的总裁，伏案的文人
似乎都在对我发问：
您怎么变成了这样一个
即将随风而去的孤独老人？

我孤独吗？
不
发小的同学，部队的战友
单位的同事，文化界的精英
都是我的亲人

我衰老吗？
不

《行走的风景》《流淌的文化》
会毫不吝啬地向你展示
艺术永远年轻

我会随风而逝吗？
不
物质不灭是不变的真理
《勇言》是我的本色
《飘扬的旗帜》是我不死的魂灵

告诉你们吧
你是我风华正茂的身影
我是你功成名就的梵音
再见之后是穿越
我们一起在《大地行吟》！

（所点的几本书是笔者拙著）

点点足迹

东部

泰山

滕王阁

东山风动石

日月潭

绍 兴

鼓浪屿

黄 山

北戴河

太 湖

湄洲妈祖

古 田

蓬 莱

杭 州

黄公望

九华山

西部

峨眉山金顶

莫高窟

华山

黄帝陵

新疆坎儿井

嘉峪关

重庆湖广会馆

九寨沟

月牙泉

壶口瀑布

青海塔尔寺

香格里拉

大　理

布达拉宫

玉龙雪山

南部

友谊关

澳门

香 港

惠州双月湾

黄埔军校

梵净山

滇 池

贵州苗寨

桂 林

海 口

海南石梅湾

衡 山

老 家

韶 山

北部

成吉思汗陵

沈阳故宫

平　遥

鸭绿江

延　安

长白山天池

旅顺军港

恒山悬空寺

贺兰山岩画

北大荒

珍宝岛

沙坡头

开　封

五台山